中国学生最喜爱的好

# 动物友爱故事

曾智惠◎编著

光明日报出版社

# 前言

欢迎你来到神奇的动物王国！在动物王国里，我们会看到动物将忠诚、关爱和无私等本应属于人类的美德演绎得如此丰富多彩：一只名叫"阿甘"的义犬从熊熊的烈火中救出小主人；一匹老斑马自投狮口以掩护斑马群逃跑。一个个真实的故事，在我们心里激发起强烈的共鸣。

因此，在我们赖以生存的地球上，所有的生命，本质上都是息息相通的！

# 目 录

# 寻找失落的家园

1.我是一头大象，今年53岁了。我正穿越中非的一片大沙漠，寻找记忆中的河流。几十年来，在我生活的这个星球上好像发生了什么变化，到处都在闹水荒。

3.那时候，妈妈常带我到河里洗澡。妈妈汲了一鼻子的水，要喷在我身上，我调皮地躲在她肚皮下面不出来。

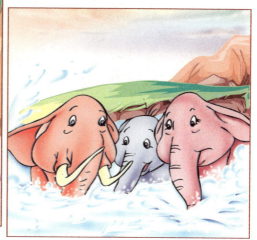

2.一路上，我的嗓子干得冒烟，我多么渴望能走回记忆中那条宽阔的河流啊！要知道，我在那个河畔长到3岁。

4.爸爸跑过来，用长鼻子把我从妈妈肚皮下面撑出来，妈妈就趁机喷了我一身的水——那段日子真是快乐极了！

5.可是，好景不长，由于沙漠的侵蚀，这条河流很快就干涸了。

6.我所在的象群和其他动物为了生存下去，纷纷迁徙到水草丰茂的地方。

7.记忆中，我随我们象群走了很远很远的路，最后在一个湖畔安顿下来。

8.谁知，安居乐业的日子随着沙漠的蔓延而结束了。因为50年后，这个湖泊也干涸了。

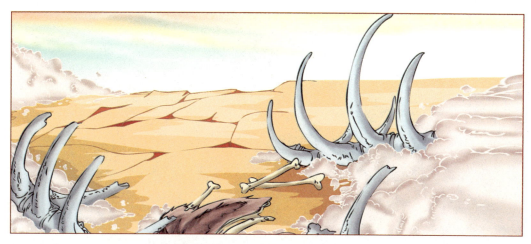

9.恶劣的气候和漫漫的黄沙吞噬了一个又一个生命,以致我的同胞们变成一堆堆白骨散落在干枯的湖底。

10.死亡每天都在向我狞笑。必须离开这里,另外寻找水源!

11.凭着遥远的记忆,南方的空气似乎要湿润一些。对,向南走,南方一定有水源!

12.我的身后,跟着幸存的瞪羚、疣猪……这些可爱的朋友,本能地相信跟着我就能找到水源。

13.这是一次艰苦的旅程。我们行走在中非沙漠的中心地带,温度高得可怕,连风都是滚烫的。

14.还好,我脚底厚厚的肉垫耐得住高温。

15.疣猪身上厚厚的皮肤也能耐得住高温。

16.瞪羚的身体要在46℃气温下才微微出一点儿汗,这样能保持体内的水分不过快流失。

17.当我们这群特殊的寻水大军在沙漠里走了十多天后,眼前的黄沙越来越少了,也就是说,我们已经走到了沙漠的边缘。

18.我们来到一片干裂的河床前。我们多想听到河水"哗哗"流动的声音,看到河水清澈的身影啊!

19.可是眼前一片死寂。河岸上的树全干死了，光秃秃的树枝像干枯的手掌似的伸向天空。

20.我来不及悲叹，这些干枯的树枝唤醒了我50年前的记忆——这里应该就是我儿时生活的河畔！

21.忽然，我感受到了一股水的清凉气息——这是一条宽阔的河床，应该还残存有水。水！水！我和我的伙伴们不由得加快了脚步……

22.果然，就在河床中央有一个小泥塘。我兴奋地扇了扇大耳朵，扬了扬长鼻子。

23.我用长鼻子深深地吸了一鼻子水,卷起鼻子喝了个半饱。

24.然后,我又将水喷在发烫的背上、头顶上。身上的皮肤在一寸寸地舒展。啊,真舒服!

25.瞪羚小心地蹚到泥塘中央,尽情地喝着泥塘里的水。啊,不渴啦!

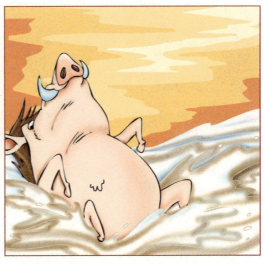

26.疣猪在泥塘里拼命地打滚,滚成了一个泥疣猪。啊,真凉快!

27.往昔的河流，今日的泥塘，变成了我们的乐园——一个可以歇歇脚的地方。

28. 在我们尽情享受眼前舒适生活的时候,有一种担忧萦绕在我们心中:中非大沙漠每天都在扩展,谁能够知道,这个乐园还能存在多久?

知识小站

## 大象的记忆力到底有多强?

　　一头经过驯化的大象,至少可以记住 40 条指令,同时还能辨认许多人和动物,即使平均寿命达五六十岁,也不会忘记一辈子生活中的点点滴滴。大象的记忆力之所以这么好,是因为它们的大脑会在有生之年继续发展,脑容量通常可以增加 65%。

# 丛林外科医生

1.这是我的家,也是我祖祖辈辈生活的地方——马达加斯加群岛的一个小岛。岛上覆盖着茂密的热带丛林,为我们狐猴提供了随手可摘的鲜果和嬉戏场所。

2.每天,阳光一照进丛林,我们就玩开了:攀援到树冠,拉着藤蔓荡来荡去,用长尾巴卷着树枝"倒挂金钟"……

3. 可是有一天，却出了点儿意外——这也难怪，年轻好动总要惹点儿祸嘛！

4. 这一天，我与一群同伴攀援上树时，我"嗖嗖嗖"地爬上了树枝顶端，得意地"吱吱"大叫。

5. 为了在同伴们面前逞能，我"哗啦""哗啦"使劲地摇动树枝，结果用力过猛，"咔嚓"一声，树枝断了！

6. 哎哟，疼死我了！我跌落在地上，疼得龇牙咧嘴。

7.糟糕！我的手臂受伤了，正在流血呢！

8.同伴们围拢过来，发出"喳喳"的声音——伤得不轻啊！

9.不要惊慌！镇静！一只年老的狐猴"啊呜""啊呜"地叫着走过来。看见它，我们立刻安静下来。

10.只见它扯了一大把在当地叫作"满山爬"的植物。

11.它把"满山爬"放在嘴里嚼成糊状。

12.然后吐出来，敷在我手臂的伤口上。

13.嘀，这药真灵！血一下子就给止住了。

14.老狐猴用这种方法一天给我换三次药。

15.三天后，我手臂上的伤口愈合了。

16.伤口一愈合，我又恢复了顽皮活泼的本性。没办法，我们狐猴就是这样的。

17.多亏了那位年老的狐猴——我的丛林外科医生。我内心的感激之情是一个大果子难以表达的。

18.也许，相对于人类的外科医学而言，我们狐猴的医术简单了一点儿。不过，仅这一点儿，已使你惊叹了吧！

知识小站

## 狐猴

　　狐猴生活在马达加斯加群岛及科摩罗群岛的森林中，是最原始的灵长类动物。狐猴头颅和鼻骨延长，外形很像狐狸；第二脚趾有钩爪，尾长而多毛。狐猴食性多样，善于攀缘。

# 婚礼进行曲

1.春天又按时来到了这片森林。三月的一个清晨，一缕阳光投射到一片空地上，宛若人间舞台——一场盛大的集体婚礼即将在这里举行。

2.当然，这场婚礼没有司仪，主持者就是自然法则。几只音乐鸟清脆的歌声拉开了婚礼的序幕。

3. 集体婚礼中的男主角们出场了——一群雄性石鸡兴高采烈地来到空地上，竞相引吭高歌。

4. 自然界中的雄性禽类，在求偶季节里都会变得美丽绝伦，石鸡也不例外。只见这些雄性石鸡全身呈灿烂的橙黄色，头顶扇形肉冠，一副新郎打扮。在这春暖花开的季节，它们把大自然点缀得生机盎然。

5. 新郎们的脸和肉冠涨得通红。它们发出阵阵鸣叫,深情地呼唤着自己的新娘。

6. 在雄性石鸡热切的鸣叫声中,十几只雌性石鸡昂着头出场了,她们的神态羞怯而矜持。

7. 大自然把绚丽的色彩全赋予了雄性石鸡——相比之下,雌性石鸡长相平常。它们身披毫无光彩的灰紫色羽毛,头冠几乎看不出来。

8. 但在雄性石鸡眼里,它们是世界上最美丽的新娘。

9. 新郎们见到雌性石鸡，按捺不住心中的狂喜，纷纷拍打着翅膀，热情地迎接新娘们的到来。

10. 哎，别着急，我们还要考虑呢！——新娘们还保持着刚出场时的矜持，缓缓地踱着步，没有立即回应。

11. 看一眼我吧，我的肉冠多漂亮！——雄性石鸡们争先恐后地将冠羽缓缓地侧向新娘们。

12. 就凭这一点就想娶到我们？——新娘们似乎不是很容易就被打动的，它们漫不经心地梳理着羽毛。

13.哪会呢？瞧，我们的舞姿多迷人！——新郎们围着新娘们跳起舞来，舞姿奔放而热烈，并伴随着清脆而富于变化的叫声。

14.且慢，我们还能表演一种绝技呢！——只见一只雄性石鸡两脚横爬在空地旁边小树的树干上，身体呈水平状悬挂着，眼睛深情地注视着新娘。

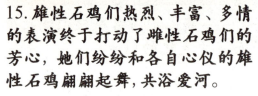

15. 雄性石鸡们热烈、丰富、多情的表演终于打动了雌性石鸡们的芳心，她们纷纷和各自心仪的雄性石鸡翩翩起舞，共浴爱河。

16. 当一对对石鸡飞离婚礼现场时，这场盛大的集体婚礼便进入了尾声。树上，音乐鸟叫得更欢了。

## 知识小站

### 石鸡

　　石鸡又叫"嘎嘎鸡""红腿鸡"，常栖息于裸露的岩坡和干燥的山谷间，或居住在岩洞中，故名石鸡。它们有时会到山麓田野上成群活动，边食边叫。

# 斑马逃生记

1.快逃呀,狮子追上来了!一群斑马惊恐地在逃命,它们的身后,是一只猛狮。当大型食肉动物追杀大型食草动物时,场面极为惨烈壮观:尘土飞扬,吼叫声、喘息声交织在一起,似乎连大地都在颤抖。

2.强壮的斑马们一边簇拥保护着弱小的斑马,一边扬蹄嘶叫,想阻止狮子的追击。

3. 可能吗?狮子生来就是食肉动物!斑马的嘶叫丝毫没有吓退狮子,反而激发了狮子狂暴的天性——狮子追得更紧了。

4.斑马们撒腿就跑,可是,来不及了,狮子已经逼近,一场血腥的屠杀就要上演。在这危急关头,一匹年老的斑马有意放慢了脚步……

5.这是一匹快走到生命尽头的老斑马,身上的毛已经没有什么光彩:黑条纹中杂有白毛,白条纹中生有灰毛,目光甚至也黯淡了。

6. 但是此刻，老斑马眼中突然放射出视死如归的光芒，脑海里闪过一幕幕回忆……

7. 忘不了我们在一起的美好时光，饮水、嬉戏，那条静静流淌的河流记得我们。

8. 那片青青的草原记得我们。

9. 草原上静悄悄的黎明记得我们。

10.再见了,我的亲人,我的伙伴!为了同胞们的生存,我必须这样做!老斑马勇敢地站在狮子面前,挡住了狮子的去路。

11.老斑马与飞奔而过的同伴们长嘶告别后,横卧在地上。

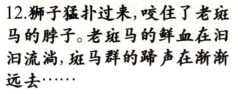

12.狮子猛扑过来,咬住了老斑马的脖子。老斑马的鲜血在汩汩流淌,斑马群的蹄声在渐渐远去……

13. 老斑马用自己的生命换来了整个族群的安全。目睹这一情景的斑马群禁不住哀哀长鸣……

知识小站

## 斑马身上的条纹有规律吗？

　　斑马条纹的分布有一定的规律:头、颈、躯干、前肢和后肢的条纹数目是相等的。

# 老虎报恩

1. 提起老虎，人们会联想到"威猛""凶残"等字眼，可是，有一位老人的经历却展示了老虎的另一面。

2. 那是一个大雪纷飞的冬季，长白山区的天气奇冷，老人上山砍柴，无意中路过一个山洞。

3. 老人一看，糟了，那是老虎洞！老人刚想转身离开，却听见洞里有声音，于是他赶紧伏下身，躲在大树后面。

4. 哦！原来是一只胖乎乎的虎仔！它走出洞穴，好奇地张望。它那天真可爱的模样，让老人松了一口气。

5.看样子虎妈妈出去觅食了,否则它是决不允许虎仔走出洞穴的。

6.那虎仔可爱极了,一会儿在雪地上撒娇打滚,一会儿用爪子刨雪玩,让老人想到他家里那只乖巧的猫咪。

7. 老人情不自禁地挪动了脚步,想去亲手摸摸那可爱的虎仔。突然,一只凶猛的狼向虎仔袭来。

8.虎仔绝望地在狼爪下惨叫,像个无助的孩子在向老人求援。

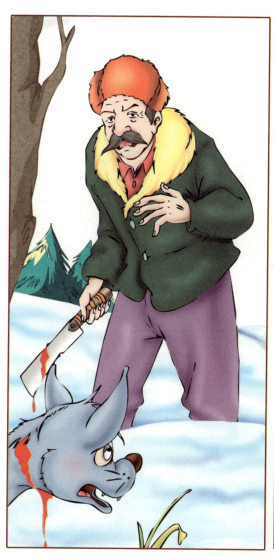

9."畜生！"老人大吼一声，冲上前去，用砍柴刀劈死了狼，救下了虎仔。

10.正巧，虎妈妈回来了，老人赶快躲了起来。虎妈妈对虎仔吼了两声，好像在责备它，然后叼着虎仔回洞去了。

11. 大雪封山前，老人储备了足够一个冬天取暖的木柴，不再上山了。

12. 只是家里吃的东西越来越少，让老人有些焦虑。

13.然而，奇迹出现了。一个晴朗的早晨，画眉鸟清脆的叫声唤醒了老人。

14.老人习惯性地推开门，呼吸新鲜空气。门一推开，他就看见一只肥硕的灰野兔横放在门口！

15.那只野兔的脖子上有咬伤的血痕，刚刚断了气。在这样的大雪天，能得到一只野兔，老人心里别提有多高兴啦！

16.老人在火炉前喝着高粱酒，吃着野兔肉，脸上露出心满意足的笑容。

17.奇怪的事情还在继续发生。10天后，老人在家门口发现了一只被咬死的珍珠山鸡。这下老人心里犯嘀咕了——这是怎么回事呀？

18.可是，奇怪的事情仍在发生。又过了10天，老人家门口竟然有一只被咬死的岩羊。

19.是谁定时送来野味呢？老人无儿无女，附近又没住人家，为什么会这样？老人决定亲自弄个清楚。

20.这天，老人整夜没睡。他披着皮大衣，守候在大门内，从门缝里观察着外面的情况。

21.一宿无事，老人感到困倦了，正要去睡觉，忽然听见雪地里似乎有什么声音。他趴在门缝一看，看见了一只老虎的身影……

22.那老虎径直向老人门口走来。老人心里一阵紧张，然而老虎并没有前来袭击，而是将它口中叼着的一只野兔轻轻地放在了门前。

23.然后，它悄悄离去。它的动作如此自然，看样子是不止来过一次了。

24.老人推开门,望着老虎远去的背影,忽然想起了冬天刚刚来临,他上山砍柴时在虎洞前发生的那一幕……

25.对啦!就是那只虎妈妈,它在以一种特殊的方式报恩——每隔10天,为老人送来猎物。

知识小站

## 哺乳动物有哪些特征?

1.体温恒定。

2.所有哺乳动物都有骨骼和皮毛,用肺呼吸。

3.几乎所有哺乳动物都为胎生。

4.所有的哺乳动物幼年都需要母体用乳汁喂养。

# 一对好朋友

1.我是一只猫，主人叫我彼得。我有一个好朋友，是一头猪，主人叫它佩吉。我们愉快地生活在美国南加州的一个农场里，整天形影不离。

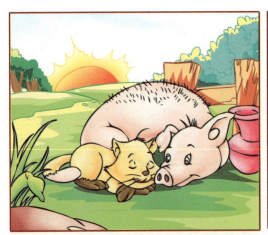

2. 可以这么说吧，所有人都羡慕我们的友情。有时候，我们一起享受南加州温暖的阳光。

3. 有时候，佩吉在泥地里欢快地打滚，我远远地躲在一旁，生怕泥点儿溅在我身上，但我打心眼儿里为它高兴。

4. 想尝尝猫食的滋味吗？尝吧，老朋友。可能有人会觉得猫允许猪尝它的猫食很奇怪，可我确实愿意让佩吉尝尝。

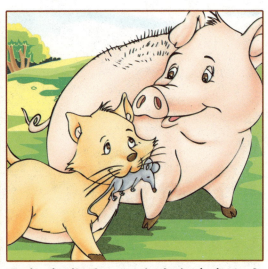

5. 哈，捉住了一只大老鼠！每当这个时候，佩吉总是欢快地跑过来，那神情分明在告诉所有的人——彼得真能干！

6.一个风和日丽的下午,佩吉在一旁打盹儿, 几只彩蝶飞来了。我心里痒痒的,很想抓一只来玩玩。

7.东扑西抓,那些彩蝶却让我次次扑空。

8.好,这回你们可跑不掉了。我腾空扑向一只近在咫尺的蝴蝶,一不小心,"扑通"一声,掉进河里了。

9.救命啊!救命啊!我在水里拼命挣扎。水流很急,我呛了好几口水。

10.也许是听到我的呼救声,佩吉箭一般冲上来,毫不犹豫地跳进河里。

11.多亏了佩吉水性好,它咬住我脖子上的皮毛,奋力游向岸边。

12.然后又顶住我的肚子,把我推上岸。

13.显然,把一只湿漉漉的猫救上岸耗掉了佩吉大部分体力。当它使尽全身力气爬上岸时,马上无力地瘫倒在地上。

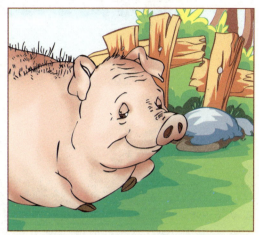

14.喵呜——若不是你，我的小命就没了！谢谢，我亲爱的朋友，感谢你不惜生命救起了我。

15. 佩吉的义举也深深感动了主人——许多人做不到的事却被一头猪做到了。主人对佩吉越发珍爱，决定让它尽享天年。

知识小站

## 哺乳动物分为哪几类？

哺乳动物分为原兽类和兽类。兽类又分为真兽类和后兽类。原兽类有鸭嘴兽、针鼹等，真兽类有象、狮、虎、豹等，后兽类有袋鼠、树袋熊等。

# 洁牙高手牙签鸟

1.一只鳄鱼爬上河滩晒太阳。看样子,暖烘烘的太阳晒得它很舒服。

2.鳄鱼的身影一出现,两只纤巧的牙签鸟便飞到鳄鱼身上。

3.牙签鸟的灵巧美丽与鳄鱼的粗笨丑陋形成了鲜明的对比。因为各自的需要,自然法则安排它们形成了一种奇特的共生关系。鳄鱼感觉到了牙签鸟的到来,它更惬意地闭眼养神;而牙签鸟呢,则用翅膀轻轻拍打着鳄鱼的脑袋。

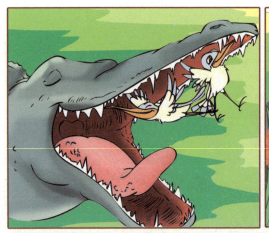

4.鳄鱼眼皮也懒得抬一抬,只是张开长满利牙的血盆大口,让小鸟飞进嘴里啄食牙缝里的残渣。

5. 牙签鸟一个牙缝一个牙缝地清理。乍看这一情景,还真有些恐怖。不过,不用担心,鳄鱼是永远不会伤害它的洁牙师的。

6.忽然,牙签鸟尖叫着一哄而散。有情况!

7.一只野猪来到河边饮水。它只顾喝水解渴,浑然不觉水中潜伏着致命的危机。

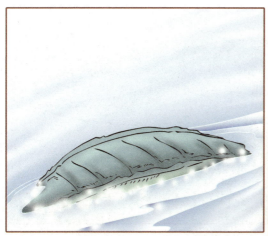

8.鳄鱼悄悄地游过去，它那粗糙的皮肤看上去真像一段腐朽的木头在河里漂流着。

9.野猪想离那段"朽木"远点儿，可是突然，鳄鱼猛扑过去咬住它的后腿。

10.接着,鳄鱼快速地用粗壮的尾巴对着野猪脑门用力一扫……

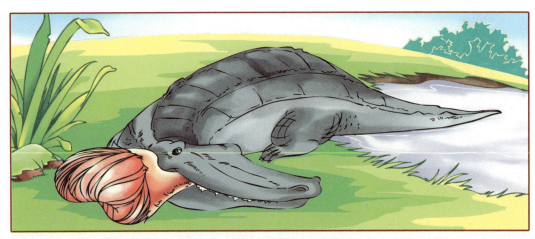

11.野猪被击昏了。鳄鱼将野猪拖到岸上饱餐了一顿。

12.谢谢,老伙计,你们提供的情报真准确!鳄鱼鼓着肚子重新爬上河滩晒太阳,心满意足地打起盹来。

13.闻到血腥味,看到鳄鱼饱餐后的神情,更多的牙签鸟飞来了。

14. 喂，伙计！快张开你的大嘴巴，刚才我们没有吃饱。牙签鸟们用翅膀拍，用尖嘴啄，提醒着鳄鱼它们来了。

15.鳄鱼张大嘴巴，来吧，可爱的小家伙们，为我清洁牙齿吧！粗糙的野猪肉塞在牙缝里真不好受！

知识小站

## 鸟类有什么特征？

    1.体温恒定。

    2.体表长毛。

    3.有翼(个别退化为前肢)，适合空中飞翔。

# 忠义的战马

1.故事发生在红军长征途中,那是一段艰苦的岁月:敌人前堵后追,几天就要打一仗,还要爬雪山过草地,忍饥挨饿。

2.除了行军 打仗，还缺吃的。野菜、马料甚至皮带都成了战士们充饥的粮食。

3.一天，专门照看首长战马的小罗用铜元从藏民家里换来了一小袋青稞面。

4. 他用大锅把青稞面熬成粥，战士们每人盛了一碗蹲着吃。

5.这时，饿得瘦骨嶙峋的战马低下头来，用鼻子嗅了嗅小罗碗里的稀粥。

6. 小罗把碗里的稀粥全喂了战马。

7.战马用脸颊蹭蹭小罗，从此与小罗形影不离。

8.部队又出发了。在长征途中,为了安全,行军一般都在晚上。

9.天黑得伸手不见五指,部队沿悬崖边前进。

10.在一个险峻地段,小罗失脚跌倒在地。

11.眼看小罗就要滚下悬崖。

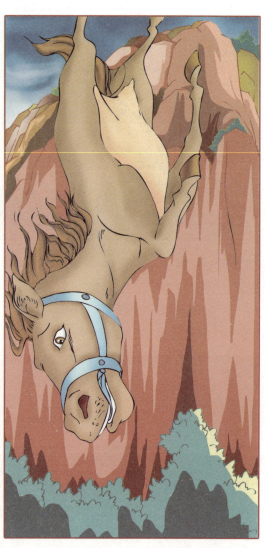

12.这时，战马冲了上来，用身体挡住了小罗。

13.而它自己却掉下悬崖摔死了。

14.多么重情重义的战马啊！小罗和战友们失声痛哭起来。这是战士们在整个长征途中唯一——次流泪。

15.很多年过去了，当年的小罗已成了年逾古稀的罗爷爷，他常常对人说，他的生命是那匹战马换来的。

### 为什么人类选择了马作为驯养对象？

马有很强的奔跑和跳跃能力。马的性情比较温顺，它从不主动地去攻击人类和其他动物。人类利用马的这些特点，选择了马作为驯养对象。

# 当海豚说话时

1.好，收网！船长一声令下，我们的远洋渔轮开始收网。

2.银色的鳕鱼在网里蹦跳，啊，这一网收获真不小。

3.看，网里有什么？一头海豚！有人喊叫起来，千真万确，网里是有一头海豚。

4. 海员们轻轻地把海豚放在甲板上。

5. 海豚两只眼睛睁得大大的，流露出恐惧的神情。

6. 海豚还发出小猪一样的叫声。"它说它很痛。"有经验的海员一下子破译了海豚的语言。

7. 经仔细检查，原来，是网眼擦伤了它腹部的皮肤。

8.海员们从头部到尾巴抚摸着海豚,当人类温热的皮肤亲密地接触这头海洋中情感最丰富的生灵时,海面上响起了海鸟的欢唱。

9.十多分钟后,海豚的叫声变成了吹口哨的声音,圆润、流畅,尾音拖得很长。

10."它说它很愉快!"那个有经验的海员替海豚翻译了口哨声的含义。

11.回去吧,大海才是你的家！海员们把这头海豚放回了大海。

12.渔轮开走了,有人发现,那头海豚在跟随渔轮同行,不愿离开。

13.吃吧,多吃点,海员们扔下几条鳕鱼给海豚吃。

14.海豚一口接住一条鳕鱼,吃完了嘴里还发出"呷呷"声。

15.它在说"谢谢"。有人帮助海豚翻译出它想表达的感激之情。"那就为我们表演表演吧!"有人大声提议道。

16. 好一头海豚，它真的表演起来了！只见它身子直立在水中，打水前进。海员们全都鼓起掌来。

17. 掌声激起了海豚的表演热情。突然间它蹦跳到船舷旁，陀螺似的打转，并发出尖叫声。海员们的掌声更响了。

18. 渔轮进港了，海豚停止了跟随。海豚精彩的表演为海员们寂寞的海上生活平添了许多乐趣。

19. 再见了，友善的人类。海豚不时从水中跃起，发出"呜呜"的声音，恋恋不舍地离去了。

知识小站

## 海豚

　　海豚属海洋哺乳动物，喜食鱼、乌贼、虾等。海豚有背鳍，腹部呈白色，前肢退化为两鳍。

# 勇敢的"阿甘"

2. 我很幸运成为他们的爱犬，这家人真好！我和小主人杰西卡成了形影不离的好朋友。

1. 我是一只普通的灵犬，主人肯瑞夫妇叫我"阿甘"。一年前的一个夜晚，主人一家看完电影《阿甘正传》回家后，我出生了，他们就给我取了"阿甘"这个名字。

3.我和杰西卡最爱去的地方是屋后的花园，那儿有许多属于我俩的秘密和快乐。

4.在花园里，我们最爱做的游戏就是"跳高"——杰西卡模仿马戏团的人训练我跳高，我很乐意——跳过往往有好吃的。

5.还有就是"寻宝"游戏。杰西卡把布娃娃、玩具熊等小东西藏起来让我找。这难不倒我，灵犬的嗅觉是世界上一流的。

6.按规定我该睡在狗屋里，可我和杰西卡一刻都不想分开。运气好的时候，杰西卡会趁他的父母不注意，悄悄地让我睡在他温暖的小床上。

7.有一天晚上,肯瑞家出事了!我闻到了烟的味道,此时,一阵阵滚滚的浓烟,也呛醒了肯瑞夫妇。

8.我弄醒杰西卡,杰西卡怕大人发现我在他的床上,小声说:"阿甘,隐藏!"听到他的命令,我钻到了他的床下。

9.一会儿,我听见慌乱的脚步声、尖锐的警报声和人们的呼喊声。"糟了,房子着火了。"杰西卡说着也钻了进来。

10."快!快去找杰西卡!"我听见肯瑞夫妇的说话声,接着是他们冲进门来的声音。

11. "杰西卡呢？可怜的孩子跑到什么地方去了？"肯瑞先生大声问。

12. "一定是出事了！我不该让他一个人睡在小房间！"我听见肯瑞太太绝望而内疚的哭声。

13. 别哭了，我们在这儿呢！没事，好好的！我赶紧叼着杰西卡的睡衣角，将吓坏了的小主人拖了出来。

14. 浓烟夹着火焰弥漫了整个房间，我感觉到一阵难受，快跑！

16.我紧紧跟着他们。我和小主人一刻也没有分开。

15.肯瑞太太一把抱住杰西卡，在消防队员的护送下逃到安全地带。

17."是它，我们的'阿甘'，救了我们心爱的孩子！"肯瑞夫妇激动地对大家说。杰西卡紧紧地抱着我，不停地亲吻我湿漉漉的黑鼻头。

18. 后来好长一段日子，我成为一只"新闻"名犬，频频出现在电视上，人们说我勇敢，说我忠诚。其实，那算什么呀，不过是我和杰西卡在玩"隐藏和出现"的游戏罢了。当然，我们玩得过分了点儿，杰西卡受惊了，而我烧掉了背上的毛，受了点儿伤。

## 知识小站

### 狗的嗅觉主要表现在哪些方面？

狗的嗅觉主要表现在两方面：一是对气味的敏感程度，狗对气味很敏感，这是因为它的鼻头上有很多交感神经；二是辨别气味的能力，它的嗅觉灵敏度居各畜之首。狗辨别气味的能力相当强，狗在认识和辨别事物时，先嗅几遍才会做决定。

# 海豚和一个自闭的男孩

1.杰克是个6岁的男孩。6年来,他没说过一句话,也没笑过,无法与人交流,每天都是一个人在玩。

2.杰克的父母想尽了办法,想听杰克叫一声"爸爸妈妈",可杰克总是面无表情地玩他自己的玩具。儿童心理辅导专家告诉杰克的父母:杰克患有自闭症。

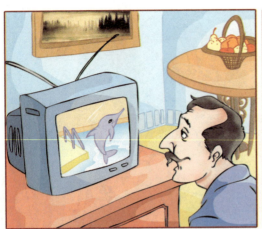

3. 一天,杰克父亲无意中看到电视里一组报道:海豚治好了一个女孩的忧郁症。

4. 能治好人类的忧郁症,那么能治好自闭症吗?求医心切的杰克父亲立即拨通了海豚训练与研究中心的电话。

5.研究中心负责人说海豚治疗自闭症还没有先例,不过他们可以来试一试。

6.试一试就试一试吧,哪怕只有1%的希望!杰克一家到了海豚训练与研究中心。

7.说来也怪,从不与人交流的小杰克见了海豚却很亲热。

8.海豚也特别善解人意,与杰克玩了起来。

9.杰克向海豚伸出小手,轻轻拍着海豚光滑的脑袋,表达自己的喜爱。

10.他甚至无拘无束地与海豚亲吻。亲密的接触一点点打开了杰克封闭的心灵。

12.你好,可爱的海豚!杰克趁海豚跃出水面之时,机敏地和海豚拥抱。

11.嗨,男孩,早安!第二天早晨,海豚一见到杰克,就欢快地跃出水面。

13.就这样,渐渐地,杰克脸上的表情开始生动起来:生气、快乐、渴望……所有的人都感到欣慰。

14.杰克的变化越来越大,和爸爸妈妈去海豚池的路上,他会主动牵着爸爸妈妈的手。

15.最激动人心的时刻来到了——一天, 杰克小声地叫了一声"爸爸、妈妈"!

16.是幻觉吗?6年了,这个声音杰克父母做梦都在想。杰克父母以为自己听错了,杰克又叫了一声"爸爸、妈妈"。

17.是真的!杰克开口说话了,吐字是那么清晰。杰克父亲激动得高高举起小杰克,喜悦的泪水模糊了杰克母亲的眼睛。

18."成功了！祝贺你们！""谢谢你们，还有那头了不起的海豚。"

19.海豚听到大家的欢笑声，激动地在池里翻滚跳跃。

20.在杰克的心扉向一头海豚打开后，也慢慢地向周围的人们打开了。杰克开始与研究中心的工作人员一道玩。

21.在专家的辅导下，杰克恢复了正常的语言功能。杰克变得像一只快乐的蝴蝶。

22.谢谢你，来自大海的小精灵，是你帮助我找回了童年的幸福！

知识小站

### 海豚聪明吗？

　　根据科学家的长期研究和试验，证明海豚的大脑比较发达，非常聪明。海豚还能在几秒钟内把所学到的知识传授给伙伴。

# 一头抹香幼鲸的安乐死

1.美丽的大洋深处,银色的梭鱼成群结队地游来游去。一头灰黑色的抹香幼鲸尾随妈妈游玩、觅食,向海面游去。

3.突然,海面上刮起了热带风暴,平静的海面上涌起了滔天巨浪。天空乌云密布,电闪雷鸣。

2.这头抹香幼鲸只有两岁半,可体长已达 9.7 米,体重 5.6 吨。要知道,它一生下来就有一头亚洲象那么大。

4.抹香鲸母子庞大的身躯在巨浪的冲击下显得那么脆弱,渐渐地,它们有些把握不住方向了。

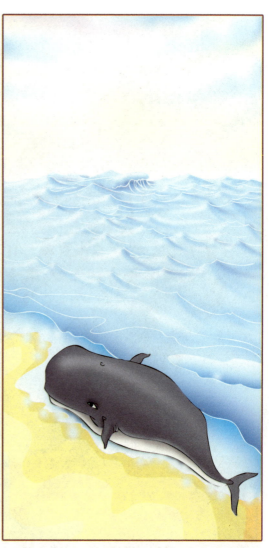

5.抹香幼鲸被一阵暗流带走，形影不离的母子失散了。

6.黎明时分，香港西市的大浪湾沙滩上，那头抹香幼鲸被搁浅在这里。广袤的银色沙滩上一大清早出现这么一个庞然大物，引来了人们的关注。

7. 一场营救抹香幼鲸的行动开始了。香港渔护署出动了 6 名专家、两名兽医。

8. 人们用尽全身力气试着把抹香幼鲸推进深海,但很快失败了。

9. 他们又用绳子套着它,试着把它拉进大海深处,结果也失败了。

10. 中午,气温升高了,离开大海的抹香幼鲸难受起来。人们将大湿毛巾搭在它身上,帮助它降温、保湿。

11. 营救工作已持续了 12 个小时，所有办法都用尽了，还是无法将抹香幼鲸送回大海。

12. 抹香幼鲸头顶上的水柱越喷越低，越来越弱……每个人都能看到它的生命在一点点消逝……

13. 有什么比幼小的生命在自己眼前消失更令人难受的呢？

14. 抹香幼鲸在临终前备受痛苦的折磨：皮肤开始起皱、破裂。

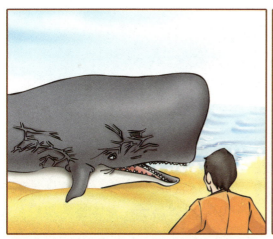

15.抹香幼鲸的呼吸越来越急促，夹杂着痛苦的呻吟。

16.各项化验指标均表明它已"油尽灯枯"，任何人都无法挽回它的生命了。

17.一条鲜活的生命即将消失，在场的人们都很难受。毕竟，所有的生命都是息息相关的。

18.专家们向渔护署提出对抹香幼鲸实行人道毁灭，即安乐死的方案，渔护署批准了。

19.两名兽医给抹香幼鲸先注射麻药,然后注射了药物,抹香幼鲸安然离去。

知识小站

### 抹香鲸

抹香鲸头很大,约占身长的40%,形如盒子。身体呈深灰棕至棕色,嘴侧白色,无背鳍,后背上有一隆突,其后有一连串小突起直到尾柄末端。喜欢群居,肠内分泌物凝成的固体叫龙涎香,重达100千克,是很好的香水固定剂。

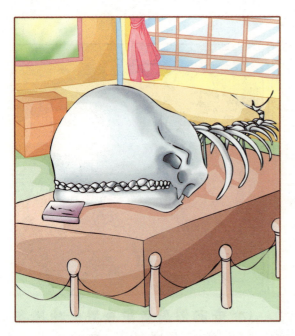

20. 如果你去香港海洋生物博物馆,你会看到一具抹香幼鲸的骨骼标本静静地躺在进门的展台上,讲解员会向你讲述它的来历,以及人们对它的爱和对生命消失的无奈……

1.一个夏天的夜晚,一头临产的母鹿——我的妈妈,横穿公路时,生下了我。这时,突然有两柱雪亮的车灯射过来。

2.可怜的妈妈,在我生命之初最需要她的时候,被一辆大卡车撞死了。当时我就在她身下,脐带还未断,吓得直打哆嗦。

3. "天哪！看我做了什么蠢事！"一个大胡子男人跳下车来，扯断脐带，用大衣裹起我。卡车又开动了。

4. 接下来，我来到一所疗养院，一群好心的老人收留了我。一大碗稀释的牛奶开始了我的新生活。

5. "可怜的小鹿，刚出生就失去了母亲，连名字都没有。"一位老人说，"你就叫弗兰克吧！记住，这儿就是你的家。"

6.有了名字，有了家，慢慢地，时间抚平了失去母亲的忧伤，我也就把老人们当作我的至亲了。

7.老人们也把我当作他们的孩子来抚养，喂食、洗澡，逗我玩，有时还带我出去散步。

8.一出生就和人类在一起，我的生物钟、行为习惯渐渐地也和老人们相似。这倒是非常有趣的事情。瞧，每到月末老人们排队领生活用品时，我也跟着他们排在后面。

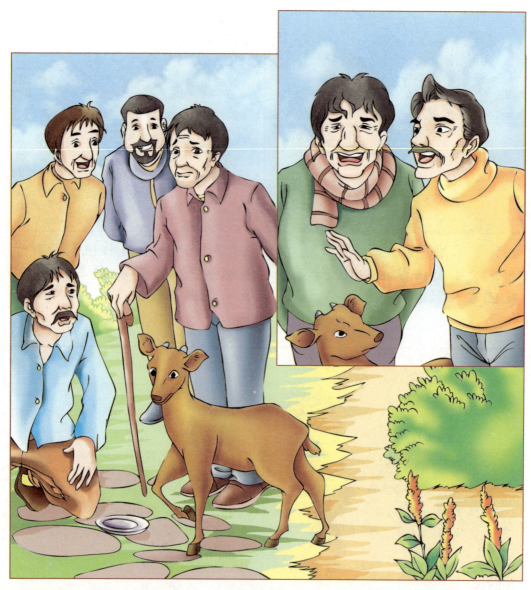

9.唯一遗憾的是我不能说人类的语言,无法向老人们诉说我的快乐和感激。

10.这些处于人生最后旅程的老人在与活泼可爱的我生活一段时间后,笑声多了起来。

11.转眼间,春天来了,草绿了,花也开了。当我睁大眼睛向着春天张望、赞美时,老人们一边欣赏我头上初生的茸角,一边赞叹道:"弗兰克是一头多么美丽的雄鹿啊!"

12.是啊,我长大了,在老人们的呵护和关怀下长大了。然而,对于一头正值青春期的雄鹿来说,疗养院的天地似乎太狭小了。我的内心涌动着对森林、对神秘事物的热望,眼神变得不安起来。

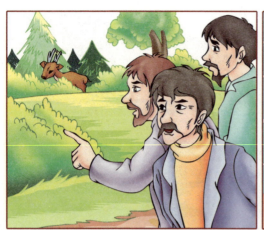

13. 老人们读懂了我的愿望，他们把我放回森林，让我学习独立生活。

14. 然而，独立生活需要一个过程。每天清晨，我都要到疗养院门口，吃老人们放在门口的食物。

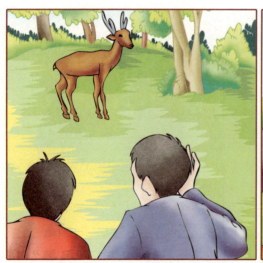

15. 整个上午我会待在疗养院里和老人们共享幸福时光。

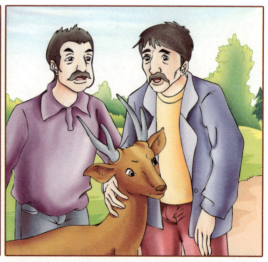

16. "喂，弗兰克，你该走了。你属于森林。"一到下午，总有老人轻轻提醒我。几经催促，我才恋恋不舍地回到森林。

17.一晃两年过去了，我的头上长着茸角，身上毛色油亮，一副英姿飒爽的模样。

18.我感到精力充沛，浑身有使不完的劲儿，每天在森林里尽情奔跑跳跃。可是有一天，我被猎人设下的机关套住了右前腿，好不容易才挣脱，腿却受了重伤。

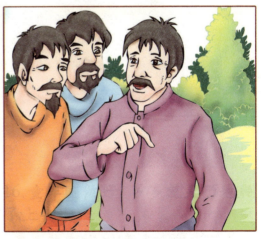

19.一连几天没去疗养院，老人们怕我出意外，四处寻找，后来终于在密林深处找到了我。

20. 你们终于来了，我的亲人们！哎哟，痛死我了！

21."啊，调皮的小家伙，出了什么事？"老人们心痛地抚摸着我的耳朵。

22. 可怕的铁夹，差点要了我的命！唉，我一直在你们这群善良人身旁长大，怎么知道世界上还有暗算动物的人存在呢？

23. 幸亏你们来了，不然我的小命就不保了。好感谢好感谢你们！

24. 老人们用结实的树枝做了一个临时担架，把我抬回了疗养院。

25. 司机开车把我送到8千米外的动物医院。

26. "伤得不轻啊，得赶快手术！"兽医检查后说。然后医生给我做了手术。

27. 手术后的我被老人们接回了疗养院养伤。

28. 说实在的，让一头生机勃勃的雄鹿养骨伤可不是一件容易的事。右前腿固定在病床上的我老想跑跑、跳跳。

29. 特别是当听到脚步声、敲门声时，我更忍不住想冲出去。

30. 这种难受的日子持续了不知多久，我的腿慢慢恢复了原状。我想念我的森林和我的同类。

31. 又过了一段时间，老人们让我住在没有马的马厩里，这儿更宽敞一些。

32. 终于有一天，我康复了。老人们打开栅栏，鼓励我说："出来吧，弗兰克，你能走了！"

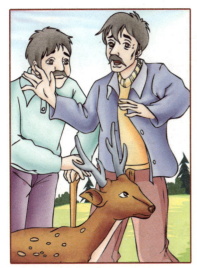

33. 啊哈！我又能正常行走了。我迈动四条腿，轻快地走了十几步。

34. "跑吧，弗兰克，回到你的森林里去，你自由了！"老人们拍拍我的脑袋说。

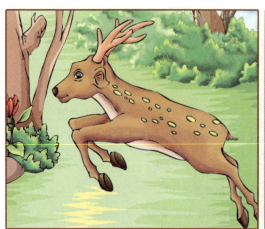

35. 重新自由行走的我压抑已久的活力爆发了。我向着森林奔跑起来。

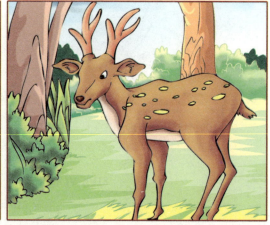

36.再见，给我生命和健康的老人们！这下，我可要在森林里尽情享受生活了，因为我又闻到了春天的气息。

37.接下来的日子，幸福光临了我的青春。秋天，当我再次出现在疗养院时，我的身旁站着一头美丽的母鹿，身后还有两头鹿仔。

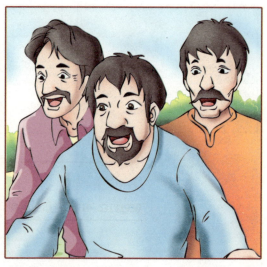

38."你好哇，弗兰克！""真棒！还成了家！""两个小家伙跟你当初一样可爱！"疗养院的老人们纷纷上前来看我的妻子和我的孩子。

39.疗养院里，响起了一片称赞声和欢笑声。此时此刻，如果我能说出人类的语言，我要说："感谢你们，可敬的老人们！你们的爱是我幸福的源头！"

知识小站

## 恒温动物的优势在哪里？

恒温动物在外界温度发生变化时，还能保持体温相对恒定，这样，它们就摆脱了对周围环境温度的依赖，扩大了自身的生存分布范围。

# 孤儿象

1.连绵的秋雨使非洲草原处处形成沼泽,路越走越艰难了。我,一头孤儿象,不由得直打哆嗦——通常情况下,一头幼象如果没有象群的保护是难以存活的。

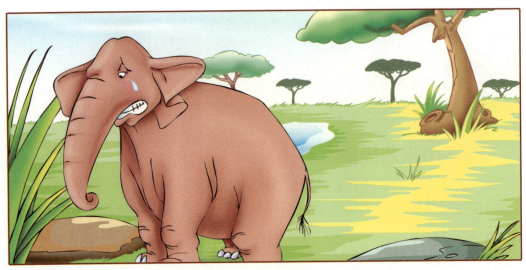

2.十几天前,我所在的象群被一伙贪恋象牙的偷猎者偷袭了,我是唯一的幸存者。一瞬间,我失去了母亲和所有的亲人。

3.孤独、饥饿向我袭来，我感到那么的无助！"沙沙沙——"什么声音在我身后响起？一种很强烈的恐惧感袭来。

4. 接下来发生的事情证实了我的恐惧——一群嗜血成性、专门袭击弱小者的土狼从丛林里窜了出来。

5. 土狼的队伍散开，前堵后追，包抄上来。其中一只土狼猛咬我，幸亏我天生有厚厚的象皮，让土狼无法下口。

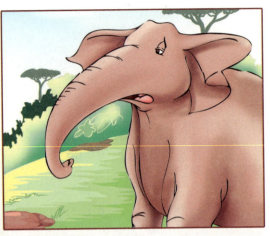

7.土狼的尖牙利齿、三角眼和恐吓声逼近了！救命呀！谁来救我？我绝望地四处张望。

6.我奋力冲出土狼的重围，向一条宽阔的河奔去。那群可恶的土狼在我身后紧追不舍。

8.我看见了对岸一群正在喝水的象，我的同类。显然，它们听见了什么声音，一个个停下了饮水的动作。

9.快来救我呀！一头孤儿象，你们的同族小辈快被土狼吃了！我扬起鼻子，悲鸣着向象群跑了过去。

10."哗哗哗！"河面激起一朵朵大水花。母象领着象群冲了过来。

11.那些在威武、庞大的象群面前显得丑陋、无力、矮小的土狼见到这个阵势，都狼狈地逃跑了。

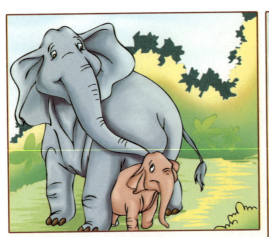

12.噢,可怜的小家伙,吓坏了吧?别怕,有我们!领头的母象用长鼻子轻轻抚爱我的小脑袋。

13.在这一时刻,我确信,这个象群用博大的爱接纳了我这头孤儿象,并把我当作它们自己的孩子。

14. 并且,每一位母亲都在关照我,我那颗失去母亲和群类的忧伤心灵被这种无私的爱照亮了。

15.不久，这个象群中的五头小象都跟我成了好朋友，我又恢复了机灵、顽皮的天性。

16.现在，我生活在这个救过我生命的象群中，饥饿、孤独、恐惧离我远去，每一天，我都能感到安全、满足和幸福。

知识小站

## 大象的群居生活

　　大象的群居生活采取母系制度，由年长的母象引领着一个大象家族，这种家庭结构类似于人类的母系氏族社会。因此，尽管小象们不清楚自己的父亲是谁，但它们却乐于整日厮守在母亲身边。

# 一只红松鼠的疑问

1.天亮了，森林开始热闹起来。我，一只小红松鼠，被妈妈弄醒了。它轻轻叼着我脖子上的毛皮，跳出树洞，把我放在露珠闪亮的草丛里。

2.吃吧，孩子！妈妈示范性地吃起散落在草丛里的针叶树种子、嫩草芽和幼虫来，我也跟着学，享受了一顿丰盛的早餐。

3.草丛里又跳过来一些红松鼠，其中有几只和我一般大。我们在草丛里打滚嬉戏。树上的黄叶不时飘落下来。

5. 看着它们忙碌的身影，我就想：掘那么多洞穴，到处建粮仓，它们能记得住吗？

4. 秋天来了，妈妈和其他成年红松鼠一样，显得特别忙碌，"吱吱""叽叽"地蹦来跳去，忙着在地上掘洞，贮存食物，也就是植物的种子。

6. 我问了妈妈这个问题，可是妈妈似乎是最忙碌的一个，根本没有时间回答我。

7.冬天到了,大地白茫茫一片,根本认不出粮仓在哪里。红松鼠出动了,用爪子刨开雪,到处乱找。我们的族类,也太健忘了。

8.幸好当时掘的地洞多,到处有粮仓,还是找到了吃的。

9.中国人常说,狡兔三窟。看来,我们红松鼠的洞窟比狡兔还多得多,可这难道只是为了对付我们的健忘症吗?

10.这个问题我也问了妈妈，可妈妈没回答我，她忙着刨雪找粮仓。

11.靠着这些秋天里辛勤贮存的粮食，我长大了，平安地度过了生命中的第一个冬天。

12.春天来了，大地回暖。我惊讶地发现，冬天没发现的粮食，也就是植物的种子，发芽啦！

13.这些发芽的种子给出了答案。原来,这是自然法则设定好的,红松鼠四处建粮仓,又那么健忘,是为了把种子播散开来。

14.这下,你明白了吧。哦,讲了那么多,我该告诉你我住在什么地方,这样你好来找我。

15.由于生存环境的变化,现在你只有在北欧的一些国家才能看得到我们的身影。

## 知识小站

### 红松鼠

红松鼠生活在北欧的森林和城郊,属啮齿类动物,皮毛红艳,喜食松子。

## 守护天使的海龟

1. 1990 年夏天的一个夜晚，一艘名叫"阿罗哈"的大客轮不幸失火沉没。火光映红了黑夜中的菲律宾马尼拉海。

2. 救命啊！救命啊！一位跑到甲板吹海风的 12 岁小女孩掉进了大海，惊慌地喊叫起来。可是，没人回应。船舱里的人在睡梦中就被浓烟烈焰吞噬了。

3. 见没人回应，小女孩命令自己镇静下来。本来因为好玩才穿上的救生衣现在刚好派上用场。

4. 海面上阴沉沉的天空，没有一丝星光，小女孩只知道本能地远离那艘恐怖的大客轮。

5. "轰——"一声巨响，大客轮爆炸了，海面上掀起巨浪。

6. 之后，物品碎片、尸体散落在方圆几十里的海面上。

7.一切都暗淡下来,小女孩没有方向地在海上漂啊漂。这一漂,就是 12 个小时。

8.恐惧、饥饿让小女孩失去了活下去的希望。她不想动也不能动,只得把 12 岁的生命交给茫茫大海来安排。

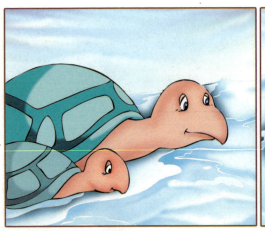

9. 小女孩昏了过去。远处，有两只海龟，一大一小，向她游了过来。

10. 两只海龟陪伴了小女孩好一会儿，似乎明白了什么。

11. 大海龟钻到小女孩身下，用结实的龟背把她托出水面。

12. 小海龟用龟背靠着小女孩，防止她滑落下来。

13.小女孩还在昏睡，发生的这些事情她一点儿也不知道。

14.两只海龟却一点儿也不懈怠，忠心地驮着小女孩向前游去。

15.两天两夜后，大海远处出现了一艘商船。显然，小女孩身上的棕黄色救生衣引起了商船上人们的注意，商船开了过来。

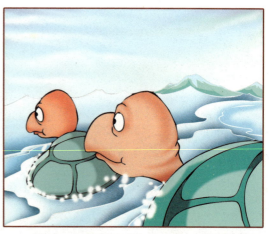

17. 小女孩被救上了船。两只海龟在船后跟了好长时间才消失在大海深处。

16.看到两只海龟护送着小女孩的情景,船上的人都惊呆了。

18.商船上的人们久久地望着平静的大海,不敢相信这会是真的。

19.经过精心的护理，小女孩苏醒了。听到人们的讲述，她也难以相信被海龟救了的事实。

20.无论如何，作为"阿罗哈号"唯一的幸存者，小女孩的劫后余生既见证了那场海难，也见证了两位守护天使的奇迹援助。

 知识小站

## 海龟

海龟属大型爬行动物，身体椭圆而扁，背部隆起，有坚硬的壳，四肢短，遇到危险时，头、尾和四肢能立即缩进壳内。

# 不甘驯化的麝香牛

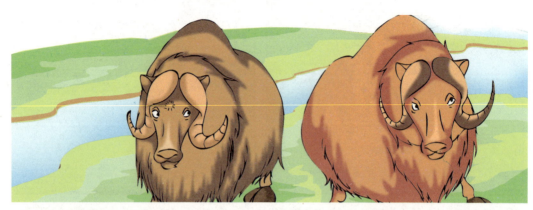

1.北极地区有一种动物叫麝香牛,因为全身披着褐色长毛,当地居住的因纽特人叫它"大胡子"。

2.这是一种生命力极强的动物。北极柳的叶子和嫩枝、薹草、苔藓和地衣,把它们养得壮壮实实的。

3.这也是一种性情温顺、合群的动物。它们和平相处,从来不内讧,十几头或几十头聚在一起,每个成员都自觉地遵守秩序。

4. 20 世纪初, 因纽特人捉了上百头麝香牛关起来, 想驯化它们。对于动物, 人类总想到"猎杀"和"驯化"这两个词。

5. 可是, 一向温驯的麝香牛从被关起来那天起就集体绝食。

6. 饲养员怕麝香牛跑掉, 就用一根粗铁链紧紧锁住栅栏门。

7.饲养员用铁链拴门这个不经意的动作被一头细心的麝香牛观察到了,聪明的它竟记在心底。

8.等饲养员一走,这头麝香牛便拽开铁链,把门打开了。

9.上百头麝香牛趁着夜色集体逃跑了。

10. 反复多次驯化失败后，因纽特人放弃了驯化麝香牛的念头。至今，两三万头麝香牛依然悠闲地生活在北极地区，被列为珍稀动物受到保护。

知识小站

## 麝香牛

麝香牛生活在北极地区，形似羚羊，与牦牛一般大小。它们全身披着细软厚实的长毛，有极强的抗寒能力。

# 小海豹多多

1.夏天的一个早晨,我在海滩散步时,与一头小海豹相遇了。可怜的小家伙不知什么原因失去了父母,还受了伤,我心疼地把它抱回了家。

2.我做的第一件事就是把小家伙放进澡盆里,让它待在水里,给它安全感。

3. 然后我仔细地为它清洗伤口,生怕它的伤口感染了。

4."吃吧,吃了就不饿了。"我轻轻地说。我给它喂了满满一瓶牛奶。

6.凝视着婴孩般的小海豹,我心里突然有了一种想保护它的想法。于是,我决定收养它,并给它取名叫"多多"。

5.睡吧,来自大海的小东西。我哼了一首曲子,小海豹沉沉地睡着了。

7."早晨好,多多,天亮了!"我向刚睡醒的多多问好,而它则把小脑袋搁在澡盆边上,漆黑的眼睛感激地望着我。

8.过了几天,多多的伤好了,我在屋外的水池旁给它搭了个小窝。

9.看样子,多多一下子喜欢上了自己的家。它白天在水池里玩水嬉戏。

10.晚上它躲进自己的小窝里睡觉。

11."砰砰",有人敲门。我打开门一看,是多多。它一扭一扭地爬进了我的屋子,尽情地玩了起来。

12.一会儿,它钻到床底下,可爱的小脑袋伸出床单。

14.多多的伤完全好了,身体也健壮起来。

13.一会儿,它又煞有其事地和我一起看电视。如果画面上出现大海,它就会激动地抖胡须。

16.童车刚做好,多多就灵巧地爬了上去。

15.于是,我突发奇想,不如做个童车推它出去见识见识人类的世界。

17. 我推着多多上了街，引来了行人们好奇的询问和注视。

18. 多多呢，不惊不诧，挺神气地坐在童车上，目光巡视着四周。

19. 街道上来来往往的汽车，让它看花了眼，汽车一鸣叫，它就用尖叫表示回应。

20. 多多喜欢恶作剧。它爱逗弄水池里的一只小海龟，常悄悄潜到小海龟身下，然后用鼻子猛地把小海龟掀上半空。

21. 有时候，多多还以海豹之心度我之腹。它喜欢在水池里玩，就认为我也喜欢，老用嘴拽着我的裤脚往水池里拖。

22. 多多的蛮劲真大。好几次真的把我拽下了水池。

23. 然后它"啾啾"尖叫，猛扑在我身上，弄得我浑身都湿透了。

24. 多多很调皮，我每次到水池找它时，它一看见我的身影，就潜下水底，跟我玩捉迷藏。

25. "出来吧, 多多！"我对着清凉的池水唤了一声, 多多调皮地露出头来。

26. 多多喜欢坐汽车外出。它对什么都好奇, 总把脸贴在玻璃窗上向外张望。

27. 我下车购物时, 就把它留在车里面, 对它嘱咐道："别出来, 多多, 外面全都是人。"

28. 一般情况下, 多多很听话, 会乖乖地待在车里。

29. 可是有一次却出了意外，多多竟然翻出车窗，"叭哒叭哒"地来商店找我。

30. 回家的路上，多多透过车窗看见了大海，激动地在车里扭动着身体。那一刻，我决定让它回家，回它真正的家！

31. 又是一个清晨，我在海滩放归了多多，望着多多潜入大海时的身影，我流泪了。

## 知识小站

### 为什么海豹能潜入深海？

在大型海洋哺乳动物中，海豹能潜入 450 米深的水下。这是因为海豹体内血红蛋白含量很高，在它的肌肉和血液里储存了大量的氧。因此，海豹被称为"潜水高手"。

**图书在版编目（ＣＩＰ）数据**

中国学生最喜爱的好故事. 动物友爱故事 / 曾智惠编著.—北京：光明日报出版社，2011.10
（2022.11重印）

ISBN 978-7-5112-1704-2

Ⅰ. ①中… Ⅱ. ①曾… Ⅲ. ①儿童故事－作品集－世界 Ⅳ. ①I18

中国版本图书馆 CIP 数据核字 (2011) 第 211425 号

## 中国学生最喜爱的好故事：动物友爱故事

ZHONGGUO XUESHENG ZUIXIAI DE HAO GUSHI DONGWU YOUAI GUSHI

编　著：曾智惠

责任编辑：朱　宁　邓茗文　　　　责任校对：苏云琴
封面设计：三棵树设计工作组　　　责任印制：曹　净

出版发行：光明日报出版社
地　　址：北京市西城区永安路 106 号，100050
电　　话：010-63169890（咨询），010-63131930（邮购）
传　　真：010-63131930
网　　址：http://book.gmw.cn
E-mail：gmrbcbs@gmw.cn
法律顾问：北京兰台律师事务所龚柳方律师

印　　刷：固安兰星球彩色印刷有限公司
装　　订：固安兰星球彩色印刷有限公司
本书如有破损、缺页、装订错误，请与本社联系调换，电话：010-63131930

开　　本：165mm × 225mm
字　　数：100 千字　　　　　　　印　张：8
版　　次：2011 年 10 月第 1 版　　印　次：2022 年 11 月第 3 次印刷
书　　号：ISBN 978-7-5112-1704-2

定　　价：39.80 元